Fábulas

de Jean de La Fontaine

GUÍA DE LECTURA

Escrita por Vincent Jooris
Traducida por Juan Lopez

Fábulas

de Jean de La Fontaine

JEAN DE LA FONTAINE 5

Poeta francés 5

FÁBULAS 7

Una obra intemporal 7

RESUMEN 8

Primera colección 8

Segunda colección 12

Tercera colección 13

ILUMINACIÓN 14

Clasicismo 14

La fábula antes de La Fontaine 15

CLAVES DE LECTURA 17

Una obra maestra inesperada 17

Historias agradables 17

Un estilo clásico 18

Argumentación y fábula 20

Los animales como representantes de la sociedad 22

Temas tratados 24

VÍAS DE REFLEXIÓN 32

Algunas preguntas para profundizar en su reflexión… 32

PARA IR MÁS LEJOS 34

Edición de referencia 34

Estudios comparativos 34

JEAN DE LA FONTAINE

POETA FRANCÉS

- **Nacido en 1621 en Château-Thierry (Aisne)**
- **Fallecido en 1695 en París**
- **Algunas de sus obras:**
  - *Adonis* (1658), poema
  - *Contes et nouvelles* (1665), colección de cuentos
  - *Fables choisies mises en vers* (1668-1694), colección de fábulas

Nacido en 1621 de padre maestro de aguas y bosques, Jean de La Fontaine tuvo una infancia rural. Su poema *Adonis* atrajo la atención de Nicolas Fouquet (1615-1680), Superintendente de Finanzas. La Fontaine se convierte en su poeta personal y en 1659 le dedica otro poema, titulado *Le Songe de Vaux*. Sin embargo, al año siguiente, Luis XIV (1638-1715), celoso de su opulencia, encarceló a este ministro demasiado influyente.

Tras refugiarse durante un tiempo en Lemosín, La Fontaine volvió a la vida mundana y encontró nuevos mecenas. A partir de entonces produjo la mayor parte de su obra, frecuentó a otros escritores de su época como La Rochefoucauld (1613-1680), Molière (1622-1673), Mme de Sévigné (1626-1696), Boileau (1636-1711) y Racine

(1639-1699), y fue admitido en la Académie française en 1684. El mayor poeta del siglo XVII no sólo fue autor de *Fábulas* y *Cuentos*, sino también de obras de teatro y relatos didácticos.

FÁBULAS

UNA OBRA INTEMPORAL

- **Género:** fábulas

- **Edición de referencia:** *Fábulas*, París, Le Livre de Poche, coll. « Les Classiques de Poche », 2002, 544 p.

- **1ª edición:** 1668

- **Temas :** moral, modales, sociedad, política

Las *Fábulas son* una serie de colecciones poéticas. Ilustradas, están destinadas principalmente a un público social. Hay 248 textos, divididos en doce libros (o partes).

La primera colección, *Fables choisies mises en vers*, apareció en 1668 y contenía seis libros. El entusiasmo de los lectores fue inmediato. La segunda colección, *Fables, nouvelles et autres poésies*, fue publicada en París por Denis Thierry en dos volúmenes (1678 y 1679), con un total de cinco libros. Por último, Claude Barbin publicó el *Libro XII. Fables choisies*, en 1693. Contiene 29 fábulas, 14 de las cuales ya habían sido publicadas anteriormente en *Le Mercure galant* o en las *OEuvres de Maucroix et de La Fontaine* (1685).

Las numerosas reediciones a lo largo de los siglos confirman el carácter esencial e intemporal de esta obra.

RESUMEN

Las *Fábulas* de Jean de la Fontaine se agrupan en tres colecciones y luego se distribuyen en varios libros. La siguiente lista presenta una breve selección de las fábulas más conocidas o significativas.

PRIMERA COLECCIÓN

- **"La cigarra y la hormiga"** (I, Libro I). Mientras la hormiga acumulaba reservas de comida, la cigarra seguía despreocupada. En invierno, la hambrienta Cigarra pide comida a la Hormiga, y ésta le reprocha su negligencia.

- **"El cuervo y la zorra"** (I, Libro II). El Zorro se cruza con el Cuervo, que lleva un queso en el pico. El Zorro halaga al Cuervo para hacerle hablar y así recuperar el queso.

- **"La rana que quiere ser tan grande como el buey"** (I, Libro III). Celosa de la estatura del Buey, la Rana intenta hincharse hasta explotar.

- **"Las dos mulas"** (I, Libro IV). Una de las mulas transporta la avena, mientras que la otra lleva con orgullo el dinero de los impuestos. Cuando aparecen los ladrones, atacan a estos últimos. El otro se escapa.

- **"El lobo y el perro"** (I, Libro V). Un lobo hambriento envidia el estatus de un Perro bien alimentado y cómodo. Pero al ver el collar, el Lobo huye, prefiriendo su libertad.

- **"La Novilla, la Cabra y la Oveja en sociedad con el León"** (I, Libro VI). Estos animales aceptan compartir sus bienes. Pero cuando se trata de repartirse un Ciervo capturado, el León intimida a sus socios y se lleva todas las piezas.

- **"La golondrina y los pajarillos"** (I, Libro VIII). Una golondrina experimentada advierte a los paseriformes de que el cáñamo que crece en el campo vecino servirá para fabricar trampas. Les insta a impedir la cosecha. No le hacen caso y les pillan.

- **"La Rata de Ciudad y la Rata de Campo"** (I, Libro IX) La Rata de Ciudad invita a la Rata de Campo a una fiesta en su casa. La visita se ve interrumpida por la intrusión de un humano durante la comida. Ambas ratas tienen que esconderse hasta que no haya moros en la costa. La Rata de Campo vuelve a casa, porque al menos en el campo no le interrumpirán y no tendrá nada que temer.

- **"El lobo y el cordero"** (I, Libro X). Un Cordero está saciando su sed en medio del bosque cuando es sorprendido por un lobo que afirma ser su fuente de bebida. El Cordero intenta defenderse con argumentos, pero acaba siendo devorado.

- **"Los ladrones y el asno"** (I, Libro XIII). Mientras dos ladrones se pelean por un burro, llega un tercero y se lo quita.

- **"El hombre entre las edades y sus dos amantes"** (I, Libro XVII). Mientras un hombre corteja a dos viudas, la mayor se quita el pelo negro y la menor el blanco, de modo que acaba calvo.

- **"La zorra y la cigüeña"** (I, Libro XVIII). El Zorro invita a la Cigüeña. La cigüeña no puede comer porque su pico le impide hacerlo en un plato. En venganza, invita al Zorro a comer a su vez: él no puede comerse la buena comida de la Cigüeña, atascada en el fondo de un jarrón largo y estrecho.

- **"Los avispones y las moscas de la miel"** (I, Libro XXI) Las abejas y los avispones discuten sobre su papel como productores de miel. El juez, una avispa, escucha los distintos testimonios antes de concluir que la miel fue producida por las abejas.

- **"El roble y el junco"** (I, Libro XXII). El roble se burla de la pequeñez y aparente fragilidad del junco. Estalla una tormenta, el Junco resiste el viento doblándose, mientras que el Roble es arrancado de raíz.

- **"Consejo celebrado por las Ratas"** (II, Libro II). Las Ratas se reúnen para encontrar una solución a los estragos del gato Rodilardus. Acuerdan que hay que atarle una campana que avise de su presencia, pero nadie se ofrece voluntario para atársela al cuello.

- **"El león y el mosquito"** (II, Libro IX). El poder del León no impide que el mosquito lo alcance y lo atormente. Victorioso, el mosquito es a su vez víctima de otro animal, la araña.

- **"El león y la rata"** (II, Libro XI). Un León perdona la vida a una Rata. Un día, el León queda atrapado en las redes. Para agradecérselo, la Rata le salva royendo las cuerdas.

- **"El lobo como pastor"** (III, Libro III). Un lobo se disfraza de pastor para engañar a las ovejas. Al no imitar la voz del pastor, es capturado.

- **"Las ranas que piden un rey"** (III, libro IV). Las ranas piden a Júpiter que les proporcione un rey. Júpiter les envía entonces una grulla, aficionada a los batracios, que los devora a todos.

- **"La zorra y la cabra"** (III, Libro V). Sedientos, los dos animales se quedan atrapados en un pozo. La Cabra ayuda al Zorro a salir, y éste lo deja en el fondo.

- **"El gato y una rata vieja"** (III, libro XVIII). Un Gato astuto se hace el muerto. Los ratones felices son masticados. En otra ocasión, el Gato se cubre de harina, para atraer a los más codiciosos. Una Rata desconfiada huye de él.

- **"El pececito y el pescador"** (V, Libro III). Un Carpeau intenta en vano convencer al Pescador de que lo suelte para capturarlo cuando sea más grande.

- **"El labrador y sus hijos"** (V, Libro IX). Agonizante, el labrador hace creer a sus hijos que su campo esconde un tesoro para animarles a trabajar la tierra. Los niños son codiciosos y no escatiman esfuerzos para encontrar el tesoro. Su trabajo se ve recompensado, pues el campo se vuelve más fértil y la cosecha es buena.

- **"La gallina de los huevos de oro"** (V, Libro XIII). Un Hombre mata a la Gallina que le pone huevos de oro, para ver si hay algún tesoro en su vientre. No encuentra nada y pierde así la fuente de su fortuna.

- **"La liebre y la tortuga"** (VI, Libro X). Se celebra una carrera entre una liebre y una tortuga: gana la primera que llega a la meta. La Liebre cree que ha ganado la apuesta y aplaza su partida. Pero espera demasiado y la Tortuga llega antes que él.

SEGUNDA COLECCIÓN

- **"Los animales enfermos de peste"** (VII, Libro I). Para purgar sus pecados, los animales acuerdan sacrificar al más culpable. No se atreven a atacar al León, al Tigre o al Oso. Al final, se condena a un burro honrado.

- **"La lechera y el tarro de leche"** (VII, Libro IX). Soñando con los beneficios que podría obtener y la riqueza que podría acumular, una lechera derrama su leche.

- **"Los dos gallos"** (VII, Libro XII). Dos gallos compiten por una gallina. El ganador cacarea su victoria, lo que atrae la atención de un buitre que lo devora.

- **"El burro y el perro"** (VIII, libro XVII). Un perro y un burro tienen el mismo amo, que está durmiendo. El Asno está pastando en la hierba; no ayuda al Perro hambriento a servirse de la cesta del pan y le dice que espere a que se despierte el amo. El Perro le da la misma respuesta cuando un Lobo persigue al Asno.

- **"Las dos palomas"** (IX, Libro II) antepone el amor a la necesidad de novedad y aventura.

- **"El hombre y la serpiente"** (X, Libro I). Un hombre atrapa una serpiente y quiere matarla porque es dañina. La Serpiente le demuestra que el Hombre es aún más dañino que él. Enfurecido, el Hombre dispara al animal de todos modos.

TERCERA COLECCIÓN

- **"Los compañeros de Odiseo"** (XII, libro I). Transformados en animales por el veneno de Circe, los compañeros de Odiseo prefieren su nuevo estado al de hombres y no desean volver a su forma humana, que ahora consideran inferior a la del animal.

- **"El ciervo enfermo"** (XII, Libro VI). Un ciervo moribundo quiere que lo dejen solo y rechaza a quienes quieren ayudarlo o consolarlo. Los animales se alimentan en las inmediaciones antes de marcharse. El ciervo muere de hambre y no de su enfermedad.

ILUMINACIÓN

CLASICISMO

El clasicismo se caracteriza por la presencia de grandes salones barrocos, lugares donde la gente podía reunirse y reflexionar sobre temas tan diversos como el arte, la literatura y la política. Estos salones eran organizados por los cortesanos y reunían a artistas, intelectuales y nobles de la corte. Por tanto, no estaban sujetas a control oficial.

Pero bajo el impulso de algunos estadistas, entre ellos Richelieu (1585-1642) y Colbert (1619-1683), se puso en marcha una política cultural: a partir de entonces, los artistas pusieron su talento al servicio del poder establecido, que se erigió en su principal mecenas. El arte debía apoyar a la autoridad, garantizar el orden social y contribuir al prestigio de la Corte. Este fenómeno, que triunfó en Francia, favoreció el advenimiento del clasicismo, caracterizado por una codificación extrema del arte.

De hecho, el propio arte se renueva. Frente al arte barroco del Renacimiento, que no seguía ninguna regla, el arte clásico preconizaba en todas partes una estética de la coherencia, el equilibrio, la medida y la eficacia, asimilada al buen gusto imperante: cada elemento debe dominarse y formar parte de una estructura regular. En literatura, el lenguaje debe ser claro, despejado y accesible, y los temas deben ser nobles.

Se definen normas rigurosas para cada disciplina. Por ejemplo, el teatro está regulado por la *Pratique du théâtre* (1657) de Aubignac (escritor francés, 1604-1676), la poesía por *L'Art poétique* (1674) de Boileau. Lo mismo ocurre con la arquitectura, la pintura, la escultura, la danza, la música, etc. A partir de ahí, la práctica de un arte consiste en la repetición de un marco consagrado.

LA FÁBULA ANTES DE LA FONTAINE

Las fábulas son historias cortas. Presentan dos o tres personajes, rara vez más, que suelen adoptar la forma de animales parlantes. La historia termina con una moraleja que le da sentido, desempeña una función educativa e incita al lector a la reflexión.

Las fábulas existen desde la antigüedad. Los de Esopo (escritor griego, siglos VII-VI a.C.) y Fedro (fabulista latino, 14 a.C.-50 d.C.) son los más conocidos, pero no son los únicos. En la Edad Media, los sermones utilizaban fábulas para educar y entretener a los feligreses. Al mismo tiempo, los bestiarios presentaban a los animales como modelos o repulsores. Al mismo tiempo, aparecieron recopilaciones de fábulas, los isopetas ("pequeños Esopos"), mientras que Marie de France (poetisa francesa, 1154-1189) compuso un centenar de fábulas en verso. Desde el Renacimiento hasta MEDIADOS DEL SIGLO XVII, abundaron las traducciones de fábulas antiguas o italianas.

Sin embargo, La Fontaine renovó el género. Aunque se basó en gran medida en las historias de Esopo, Fedra y el *Roman de Renart*, que constituían la base de su repertorio, también se inspiró para algunas de las fábulas en textos orientales, especialmente en la última colección (como señala el escritor en su "Avertissement"). Las historias orientales sirvieron a menudo de inspiración a autores de la época, como Corneille (1606-1684), François Bernier (1620-1688), Molière (1622-1673) y Racine (1639-1699). De este modo, La Fontaine pretendía inscribirse en la corriente literaria de su época. Además, su concepción de la fábula también evolucionó, lo que explica que sus fuentes de inspiración hicieran lo mismo.

La influencia de los cuentos pastoriles también se deja sentir en las fábulas más líricas sobre pastores en verdes colinas o junto a un arroyo, como "Tircis y Amarante" (VIII, XIII), "*Dafnis* y Alcimadura" (XII, XXIV) o "Las hijas de Minée" (XII, XXVIII). También son evidentes los ecos de los *Contes* de La Fontaine, más traviesos y a veces descarados, por ejemplo en « Le Mal Marié » (VII, II) y "La Matrone d'Éphèse" (XII, XXVI).

La Fontaine se consideraba ante todo heredero de una larga tradición. El epílogo del Libro XI da fe de ello: creyendo haber aportado todo lo que podía a la fábula, el autor animó a otros escritores a tomar el relevo y perpetuar el género. Además, en los siglos XVIII y XIX, muchos otros escritores probaron suerte en el arte de la fábula, pero ninguno de ellos alcanzó la misma fama que Jean de La Fontaine.

CLAVES DE LECTURA

UNA OBRA MAESTRA INESPERADA

La tradición escolar valoraba las fábulas por su utilidad. De hecho, en los colegios jesuitas creados en EL siglo XVI (reservados a la élite), los escritos de Esopo y Fedro servían de base de trabajo. Estos textos eran lo suficientemente breves como para aprender las lenguas llamadas "clásicas", aprender las figuras retóricas y practicar la reescritura o la imitación.

Sin embargo, el género no se consideraba prestigioso. Así pues, La Fontaine se puso a escribir las *Fábulas* con humildad. De hecho, todo el título menciona únicamente una "mise en vers". Esto da fe de la modesta intención inicial de reelaborar y actualizar historias antiguas. Pero gracias a su minucioso trabajo, el escritor ofrece textos de un nivel literario igual -o incluso superior- al de sus modelos. Con ello, La Fontaine puso en cierto modo la lengua francesa en el candelero, y poco a poco se convirtió en lengua cultural de referencia.

HISTORIAS AGRADABLES

La Fontaine sabe que los textos austeros aburren y que los lectores son reacios a cualquier forma de pedantería. El autor no quiere parecer un moralista. Por eso intenta que sus historias sean divertidas a la vez que instructivas. El objetivo es agradar al público, pero sobre todo hacerle reflexionar implícitamente sobre ciertos temas de la vida cotidiana de su época.

El autor se adaptó así a su público: eran personas de la alta sociedad reunidas en salones, aficionadas a las conversaciones amenas, adeptas a las bromas y ávidas de palabras ingeniosas entre personas de buena compañía. Los géneros breves, como la fábula, encuentran naturalmente su lugar en este contexto. Por eso el tono de La Fontaine es ligero, alegre, encantador y jocoso. Convertidas en encantadoras anécdotas, las fábulas adquieren una nueva vitalidad, y la amena narración les confiere cierta vivacidad. Así, cada historia cobra vida como una pequeña obra de teatro.

Sin embargo, La Fontaine no pierde de vista la función educativa de la fábula. El placer no impide la sabiduría; al contrario, una sutil alquimia los combina. Además, el escritor moraliza sin aburrir. Esta capacidad para hacer comentarios joviales y divertidos, incluso sobre temas serios, es característica de la eutrapelia (disposición a bromear, a ser ingenioso y amable), de la que Rabelais (autor francés, 1494-1553) había sido el mejor artífice hasta entonces. Así, la moraleja siempre cierra la fábula, aunque no se enuncie explícitamente.

UN ESTILO CLÁSICO

La escritura de La Fontaine se caracteriza por:

- **la elección del verso libre.** Una versificación regular, rígida y monótona habría dificultado la lectura y arruinado el proyecto del autor. Al optar por el verso libre, La Fontaine se sitúa a medio camino entre la prosa y la métrica. De este modo, se beneficia tanto de la flexibilidad de uno como del ritmo del otro. El placer procede de la diversidad: versos de doce, diez, ocho o seis pies se suceden sin orden aparente. El autor tampoco teme los encabalgamientos (el rechazo de lo que termina la frase en la línea siguiente, véase "L'Ivrogne et sa Femme", III, VII, v. 5-6). Con estos recursos, el poeta puede cambiar fácilmente de un tono a otro en función del tema y captar constantemente la atención del lector. Por ejemplo, el acortamiento repentino de las líneas da una impresión de velocidad y crea sorpresa:

> *"Así como hizo sonar la carga, hizo sonar la victoria,*
>
> *Ir a todas partes para anunciarlo, y por el camino encontrarse con*
>
> *La emboscada de una araña*
>
> *También encuentra su fin.*
>
> *("El león y el mosquito", II, IX, v. 33-34)*

Esta variedad dinámica es evidente al final del poema, donde la caída suele ir acompañada de un cambio métrico ("La montaña en parto", V, X);

Además, las rimas aportan riqueza al texto y armonía a la lectura.

- **una búsqueda de la concisión.** La Fontaine privilegia una sintaxis a la vez sencilla y fina, y un vocabulario accesible. Su elegancia es muy pulida, aunque de aspecto natural.

- **relatos cortos.** "Las obras largas me dan miedo", declaraba La Fontaine en el epílogo del Libro VI de La Rochefoucauld, autor de las *Máximas* (1664). Así pues, asumió la exigencia de la brevedad: quería no agotar el tema, evitar la cháchara inútil que confundiría al lector y le estropearía el placer. Esto responde también a una preocupación de prudencia: una fábula que conduce a una interpretación unilateral no es atractiva. Ser exhaustivo puede resultar peligroso ("Discours à Monsieur le Duc de La Rochefoucauld", X, XIV). Sin embargo, a medida que avanzan las colecciones, las fábulas se van alargando. Por ejemplo, "Le Paysan du Danube" (XI, VII, 94 líneas) o "Les Compagnons d'Ulysse" (XII, I, 114 líneas) se apartan de este principio de brevedad.

ARGUMENTACIÓN Y FÁBULA

La argumentación permite al escritor afirmar un punto de vista personal. Puede hacerlo directamente, expresando su opinión sobre los grandes temas sociales, o indirectamente, invitando al lector a extraer una lección moral de la historia. En sus textos, La Fontaine confronta argumentos contradictorios y lleva al lector a formarse su propio juicio.

La fábula es una argumentación indirecta que, a través del placer del relato, permite transmitir una lección al lector. Para convencer al lector, apela a la razón. La defensa de un punto de vista se basa en la fuerza y diversidad de argumentos y ejemplos. Las ideas están vinculadas lógicamente e invocan valores fundamentales.

Esta exigencia de rigor y fuerza lógica lleva al lector a adherirse al punto de vista defendido por el autor.

En sus fábulas, La Fontaine inserta a menudo una secuencia argumentativa en la que hace hablar a un personaje para convencer a otro. En "El pececito y el pescador", el pececito intenta convencer al pescador de que le perdone la vida:

> *"¿Qué harás conmigo? No puedo proporcionar*
>
> *No más de medio bocado.*
>
> *Permítanme carpa convertirse en:*
>
> *Seré pescado por ti;*
>
> *Algún gran patrocinador me comprará:*
>
> *En lugar de buscarlo*
>
> *Tal vez cien más de mi tamaño*
>
> *Para hacer un plato. ¿Qué plato?*
>
> *Créeme, nada vale la pena. (Libro V)*

En "La Olla de Tierra y la Olla de Hierro", la Olla de Hierro intenta convencer a la Olla de Tierra de que se vaya con él:

> *"No veo nada que te retenga*
>
> *Te pondremos a cubierto*
>
> *Si algún material duro*
>
> *Amenazándote con la aventura*
>
> *Entre medias pasaré,*
>
> *Y así te salvaré. (ibíd.)*

Sin embargo, los argumentos, aunque convincentes, a menudo no bastan para cambiar el curso de la historia. Efectivamente, el Pececito es devorado y la Olla de Tierra acaba rompiéndose. En resumen, los débiles no siempre sobreviven frente a los fuertes. Así, la dimensión argumentativa de la fábula no está exclusivamente ligada a la moral, sino que los propios diálogos están llenos de elementos argumentativos. Esto permite a los lectores reflexionar sobre el desenlace de la fábula, los personajes y lo que representan.

LOS ANIMALES COMO REPRESENTANTES DE LA SOCIEDAD

El poder de las fábulas

> *"Las fábulas no son lo que parecen:*
>
> *El animal más simple ocupa el lugar de un maestro. ("El pastor y el león", VI, I)*

Lo que hace que las fábulas sean tan fértiles es la correspondencia entre el mundo animal y el mundo humano. En efecto, lo que les ocurre a los animales puede ocurrirles a los humanos, como cualquier lector comprende. Esta analogía es una forma indirecta de revelar el funcionamiento de la sociedad humana y, a menudo, sus fallos. De hecho, si se enunciaran sin rodeos, estas verdades morales parecerían siniestras. En cambio, la forma lúdica y amena en que se presentan estas alegorías capta el interés del lector y le conduce gradualmente al descubrimiento de un poderoso significado.

De este modo, al ocultar el mensaje a primera vista, el fabulista se asegura de que sea bien recibido por el público, pero también evita la censura. Aunque un lector avezado comprenda las referencias de los personajes, nada se explica y esto permite a La Fontaine evitar cualquier conflicto con las autoridades políticas o, en todo caso, defenderse con el argumento del género ficticio de la fábula.

Tipos específicos

Los animales de las *Fábulas* se parecen a personas reales y tienen rasgos de carácter estereotipados. Algunas identificaciones son más fáciles de distinguir que otras. El zorro, por ejemplo, siempre desempeña el papel de adulador y embaucador: utiliza la adulación para engañar a la gente y, en este sentido, representa a los cortesanos. El León, por su parte, representa al rey en todos sus estados: puede ser poderoso, cruel, despectivo, pero también ingenuo, enfermo o viejo ("El León que va a la guerra"). El lobo puede representar la crueldad y el poder ("El lobo y la zorra"). El gato simboliza el engaño y la hipocresía ("El cerdito, el gato y el ratón").

Además de estos personajes, La Fontaine utiliza a veces objetos ("La vasija de barro y la vasija de hierro"), hombres ("La lechera y la vasija de leche") o elementos naturales ("El arroyo y el río", "El roble y la caña"). El uso de personajes distintos de los animales también permite al fabulista evitar cualquier conexión directa con la realidad y acentuar el aspecto ficticio y lúdico de la fábula, ya que los objetos o elementos no pueden hablar ni siquiera moverse.

Así, La Fontaine pinta un panorama de la sociedad de su tiempo. Pinta tanto a los grandes (el rey y sus cortesanos) como a los pequeños (el pueblo, los campesinos y los artesanos). Mediante la personificación y la prosopopeya (proceso que da voz a un animal o a un objeto), dota de vivacidad a sus fábulas.

TEMAS TRATADOS

A pesar de su diversidad, las *Fábulas* contienen ciertas ideas comunes, que convergen hacia una especie de sabiduría social o modesta filosofía: conciencia de las desigualdades, denuncia del abuso de poder, advertencias contra la ambición y consejos a los poderosos.

Una afirmación: la injusticia existe

La Fontaine expone toda una serie de comportamientos ligados al poder y no oculta las derivas perversas: supuestos garantes del bien colectivo, los gobernantes también ejercen la autoridad para defender su interés personal en detrimento de sus súbditos. Los fuertes abruman a los débiles con sus resoluciones arbitrarias. En "El lobo y el cordero", las protestas de la víctima tienen poca importancia: el Lobo se comerá al Cordero de todos modos "sin más preámbulos". Su apetito no puede quedar insatisfecho. En "La novilla, la cabra y la oveja en sociedad con el león" (I, VI), este último se apropia descaradamente de las acciones de juego de los otros tres. En "Los animales enfermos de peste" (VII, I), nadie se atreve a acusar a los poderosos (el León, el Tigre, el Oso) de eludir sus responsabilidades ante las dificultades; es un miserable e indefenso asno quien paga por ellas, sirviendo de chivo expiatorio.

El escritor no intenta justificar los abusos de poder. Es pragmático y sólo muestra que la fuerza a veces prevalece sobre el derecho, que el bien puede ser mal recompensado ("El hombre y la serpiente", X, I). La razón por la que La Fontaine describe tales situaciones es recordar al lector un hecho que debe tener presente: no vivimos en una sociedad ideal en la que todos respetan las reglas en aras del interés común. La crueldad, el engaño, la estafa y la codicia son abyectos e inaceptables, pero no por ello dejan de ser reales. El escritor destierra el angelismo y fomenta la crítica y la reflexión.

Indirectamente, el narrador insta al lector a ser precavido: a modo de protección, sólo una distancia real por parte de los débiles, los campesinos, hacia quienes podrían perjudicarles mantiene a los justos fuera del alcance de los malvados. Y si realmente no puedes evitar a las malas personas, más vale que sepas cómo no ser víctima de ellas: tenlas en cuenta y evita involucrarte demasiado. Depende de cada uno de nosotros crear nuestro propio espacio y ser precavidos, como la vieja rata de "El gato y una vieja rata" (III, XVII).

> *"Una Rata sin más, se abstiene de husmear*
>
> *Era un veterano, conocía más de un truco;*
>
> *Incluso él había perdido su cola en la batalla*
>
> *"Este bloque enharinado no me dice nada que valga la pena".*
>
> *Gritó desde lejos al General de Gatos.*

> *Sospecho que todavía hay alguna máquina debajo*
>
> *No tiene sentido ser harinoso;*
>
> *Porque cuando seas una bolsa, no me acercaré*
>
> *Bien dicho; apruebo su prudencia:*
>
> *Tenía experiencia,*
>
> *Y sabía que la desconfianza*
>
> *Es la madre de la seguridad.*

En esta fábula, la Rata desconfiaba del Gato y, gracias a esta desconfianza, no fue devorada.

Abuso de poder

La moral de las fábulas oculta a menudo la crítica del fabulista a la sociedad y al poder político vigente. Para él, el uso de animales es una forma de protegerse. En "Les Animaux malades de la peste", La Fontaine denuncia los excesos del poder absoluto. El Asno es juzgado en un proceso por un mal del que nadie es responsable: la peste. El Lobo y la Zorra se defienden, adulan al rey y acaban juzgando el hambre del burro como un acto criminal:

> *"Su pecadillo fue considerado un caso de ahorcamiento*
>
> *¡Comer la hierba de otros! ¡Qué crimen abominable!*
>
> *Sólo la muerte era capaz*
>
> *Para expiar su crimen. (Libro XII)*

Así, el burro es la víctima ideal. No se sacrifica al más culpable, sino al más débil: "Según seas poderoso o miserable/ Los juicios del Tribunal te harán blanco o negro".

Una advertencia contra la ambición

Al mismo tiempo, La Fontaine critica a los orgullosos y engreídos que intentan salir de su posición y ascender a un rango social superior. Estos individuos niegan su verdadera naturaleza y sobrestiman sus capacidades, como "La rana que quiere ser tan grande como el buey" (I, III). Sólo ven lo que creen, como en "La golondrina y los pajarillos" (I, VIII). Ignoran sus propios defectos mientras estigmatizan los de los demás: "El roble y la caña" (I, XXII), "La bolsa" (I, VII), "El hombre y su imagen" (I, XI), "El hombre y la serpiente" (X, I).

Por su arrogancia, estos insolentes se meten en problemas. En el mejor de los casos, provocan el ridículo ("El cuervo y la zorra", "La zorra y la cigüeña"); en el peor, la muerte. También en este caso, La Fontaine aboga por la prudencia: cada cual debe contentarse con lo que tiene. De este modo, el escritor denuncia el orden social tal como es, pero sin instar a la rebelión ni a ninguna otra forma de revuelta, siendo el objetivo denunciar la injusticia y dar cuenta de las desigualdades presentes en la sociedad.

Consejos a los más poderosos

La Fontaine recomienda cierta modestia, incluso a los poderosos. De hecho, parece dirigirse a ellos en algunas fábulas y condena sus excesos.

En primer lugar, el escritor critica el uso de la fuerza sin motivo. El abuso de poder y la crueldad son característicos de los lobos con instintos mal controlados. Otros animales, sin embargo, son capaces de ejercer el poder sin malicia: la avispa juzga, ayudada por una abeja ("Los avispones y las moscas de la miel", I, XXI), un león es magnánimo ("El león y la rata", II, XI), etc. Estos animales saben muy bien que sólo se puede hacer uso de su poder si uno es capaz de hacerlo. Estos animales saben muy bien que "a menudo uno necesita a alguien más pequeño que uno mismo" (*ibíd.*). También entienden que, al abstenerse de la brutalidad innecesaria, el hombre fuerte adquiere reputación de hombre justo. Impone respeto. Un líder benevolente tiene más probabilidades de que se confíe en él y de recibir plena cooperación. Por lo tanto, al líder le interesa ser misericordioso, considerado y contener su fuerza. En esta relación, ambas partes ganan: el súbdito vive en paz y el poderoso obedece por consentimiento. Una vez más, el autor clásico garantiza la estabilidad social.

Desde este punto de vista, el poder (adquirido o recibido) sólo es tan bueno como su uso. Esto implica ser digno del cargo que se ocupa y comportarse con responsabilidad. Hay que saber moderar las pasiones (impaciencia, amargura, ira, codicia). ¿Cómo puede uno mandar a los demás si no es capaz de mandarse a sí mismo? En "Las dos mulas" (I, IV), La Fontaine muestra también los peligros de quienes ocupan altos cargos y que, por vanidad, no miden el riesgo.

Los engañadores se convierten en engañados

Muy a menudo el lector puede ver que el más débil pierde ante el más fuerte. Sin embargo, La Fontaine también sabía cómo invertir esta tendencia y poner a la parte más débil en una situación perjudicial para la más fuerte. "El león y el mosquito" es uno de los ejemplos más elocuentes. La historia de un "insignificante insecto" que consigue engañar al León ilustra esta inversión de papeles.

En esta fábula, aunque el mosquito acaba siendo atrapado por una araña, triunfa sobre el rey, a pesar de su desigual peso. El final tiene dos moralejas: la primera es que hay que desconfiar de la gente que parece inofensiva; la segunda es que, aunque escapemos de un gran peligro, debemos seguir siendo cautelosos y precavidos, porque si nos distraemos con nuestra victoria, nos puede aguardar el más mínimo peligro.

En "El gallo y la zorra", la zorra intenta engañar al gallo fingiendo que hay paz entre todos los animales para que el pájaro baje de su árbol, pero acaba cayendo en su propia trampa. A su propuesta, responde el Gallo:

> *"Amigo, nunca podría*
>
> *Conozca una noticia más dulce y mejor*
>
> *El de esta paz.*
>
> *[...]*
>
> *Veo dos galgos,*
>
> *Que, me aseguro, son mensajeros*

<blockquote>

Que para este tema enviamos.

Bajaré y podremos follar todos juntos.

Adiós -dijo el Zorro-, mi oficio tarda en llegar.

Esperamos que el caso prospere

En otra ocasión. (Libro II)

</blockquote>

Así, el Zorro, gran engañador, no consigue atrapar al Gallo, que puede reírse de su huida.

Y muchos otros temas...

Dado que las *Fábulas* son numerosas, no es de extrañar que los temas tratados también lo sean. La Fontaine quiso ser lo más completo posible en su descripción de la sociedad de su siglo. Para ello, la narración y los discursos deben reflejar una situación probable en la realidad. A continuación, los personajes y sus acciones ilustran los temas abordados por esta trama.

Además, las fábulas que buscan agradar, por un lado, deben satisfacer los diferentes gustos y atractivos de los lectores. Por eso, los compromisos de la comodidad (Le Loup et le Chien, I, V), los amores (L'Homme entre deux âges, I, XVII), la muerte (La Mort et le Malheureux, I, XV ; La muerte y el leñador, I, XVI), los caprichos de la fortuna (El león y el mosquito, II, IX), las adicciones (El borracho y su mujer, III, VII), las mujeres (La mujer ahogada, III, XVI), la política doméstica (Las ranas que piden rey, III, IV) e internacional (El dragón de muchas cabezas, I, XII ; Los ladrones y el burro, I, XIII), esfuerzo recompensado (La cigarra y la hormiga, I, I), etc. Todos ellos son temas variados susceptibles de interesar a un público que se sienta concernido por alguna de las historias narradas.

VÍAS DE REFLEXIÓN

ALGUNAS PREGUNTAS PARA PROFUNDIZAR EN SU REFLEXIÓN...

- Encuentra máximas de La Fontaine que se han convertido en proverbiales.

- Obsérvese el número de fábulas por libro. ¿Qué comentarios puede hacer al respecto?

- Compara las fábulas animales con las humanas. ¿Cuáles son sus observaciones?

- La primera colección está dedicada al hijo de Luis XIV, "a Monseigneur le Dauphin" (1661-1711). En su opinión, ¿qué motivó esta elección en el planteamiento de La Fontaine?

- Identifique lalgunas de las intervenciones manifiestas del narrador, cuando expone su punto de vista o interpela al lector. ¿Qué relación puede establecer con el entorno social de la época?

- ¿Con cuál de estas dos proposiciones relacionaría usted las *Fábulas*: la carcajada o la sonrisa? Justifique su respuesta.

- ¿Se caracterizan las *Fábulas* por una gran variedad, pero también por su desorden y falta de unidad estilística? Justifique su respuesta.

- Compare las *Fábulas* de La Fontaine con *Rebelión en la granja* (1945) de George Orwell (escritor inglés, 1903-1950).

- Hoy en día, las *Fábulas se* consideran parte de la literatura infantil. ¿Cree que se trata de un error de apreciación? Por favor, explíquelo.

- ¿Cómo explicar la adaptación de famosas fábulas a dibujos animados?

PARA IR MÁS LEJOS

EDICIÓN DE REFERENCIA

LA FONTAINE J. DE, *Fábulas*, París, Le Livre de Poche, coll. «Les Classiques de Poche», 2002, 544 p.

ESTUDIOS COMPARATIVOS

BONECQUE P., *Fábulas, La Fontaine: analyse critique*, París, Hatier, 1984.

DANDREY P., *La fabrique des Fables : essai sur la poétique de la Fontaine*, París, Klincksieck, 1992.

DANTZIG C., «La Fontaine (Jean de)», en *Dictionnaire égoïste de la littérature française*, París, Grasset, 2005, coll. «Le Livre de Poche», pp. 515-518.

"Fábulas", en *Dictionnaire des Grandes OEuvres de la littérature française*, París, Larousse-VUEF, 2001, pp. 447-452.

HORVILLE R., «La Fontaine», en *Patrimoine littéraire européen*, vol. 8, Bruselas, De Boeck, 1996, p. 759-771.

LA FONTAINE J. DE, *Fábulas, Libros I a VI*, comentario de G. Peureux, París, Larousse, colección "Petits Classiques", 2008.

SIMONOT L., *Le Loup dans les fables*, Nathan, coll. "Carrés classiques", 2014.

¡Su opinión nos interesa!
¡Deje un comentario en la pagina web de su librería en línea,
y comparta sus favoritos en las redes sociales!

Muchas más guías para descubrir tu pasión por la literatura

Cien años de soledad
de Gabriel García Márquez

Memorias de Adriano
de Marguerite Yourcenar

El amor en los tiempos del cólera
de Gabriel García Márquez

El Alquimista
de Paulo Coelho

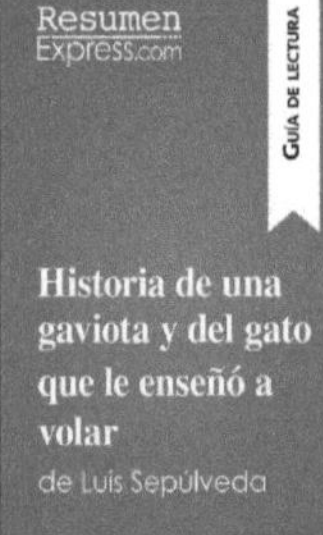

Historia de una gaviota y del gato que le enseñó a volar
de Luis Sepúlveda

Aura
de Carlos Fuentes

www.ResumenExpress.com

ISBN ebook: 9782808687188
ISBN papel: 9782808698580
Depósito legal: D/2023/12603/1138

Cubierta: © Primento
Libro realizado por Primento, el socio digital de los editores